Darpan

Ek Aaina

Flairs and Glairs

Publication House

"Darpan - Ek Aaina"

ISBN No: " 978-93-91302-72-6"
1st Edition
Language – English and Hindi

Flairs and Glairs
Publication House
Regd. Under MSME Act.

Disclaimer

This is a work of fiction and solely represent the thoughts of the corresponding authors of the articles. Our editors have tried their best to edit the content of all the authors and check the plagiarism.

All the write-ups in this book are unique and are only published in this book.

In case any plagiarism or error is found, only the author is responsible alone, and not the publisher or the Compilers.

Cover Designing and Book Formatting
Shubham Shah and Ishani Agarwal

Acknowledgement

Our primary thanks to our God. We are blessed with the energy to be able to complete this anthology.

We are also thankful towards our whole   team of "Flairs and Glairs Publication".

Akanksha Sinha
I am very thankful to my parents, my brothers and sisters to always support me. Special thanks to Surbhi Di and my friends,who believe me and support me everytime.

Thankyou all the co-authors , without your support we would never be able to complete this anthology.

Co Author

Shubham Shah (Founder Flairs and Glairs)
Ishani Agarwal (Co Founder Flairs and Glairs)

1. Akanksha Sinha (Compiler)
2. Abhilash Sharma
3. Neeti Gupta
4. Ekta Bhardwaj
5. Krishna Motwani
6. Nidhi Yaduvanshi
7. Roshan Khatun
8. Anshu Jha
9. Jyoti Duggal
10. R. V . Teena
11. Siddharth Saxena
12. Susmita Sarkar
13. Pranay Yadu
14. Ami Patel
15. Shreya Pokhriyal
16. Avanti Raj
17. Tanu Porwal
18. Harshit Mishra
19. Shilpa Sahu
20. Sujata Bharti
21. Priya Yaduvanshi
22. Tanya
23. Mohhammed Niyaz
24. Shubham Shinde
25. Archana Fauzdar

26.Saiyed Fiza
27.Sahina Ghugha
28.Shradha Gindlani
29.Sandhya Rani Mishra
30.Swaraj Mishra
31.Priyanka K Tiwari
32.Deeptimaye Das
33.Mayank Verma
34.Mausam Agrawal
35.G Madhumitha
36.Mihir Rajeshbhai Jasoliys
37.Sonali Joshi
38.Zaufishaan Tariq Vakil
39.Dankhra Bhaudish Hareshbhai
40.Ramyasree D
41.Nameera F S
42.Bhavya Mishra
43.Amit Sharma
44.Aakansha
45.Ankit Sagar
46.Prapti Shaileshbhai Shah
47.Ganesh Sadashiv Patil
48.Ankita Bhatia
49.Shubham Raj

Shubham Shah

(Founder - Flairs and Glairs)

Shubham Shah, an entrepreneur at "Flairs & Glairs" a brand with dynamics in events organizing and cultural educational pan INDIA, is a 26yrs old guy who recently has entered the digital platform of imprinting emotions. He has initiated with his own open mic platform to hel p budding poets and aspiring writers under his brand named as "Teekhe Zasbaaat"

He is a commerce graduate from the Bhagalpur City of Bihar.

He states Writing has impersonated him since childhood and he has now been writing for over a decade!

Cooking, on the other hand, is his passion! He also mentions, trying out new things just tickles him!

When asked sir, Why SPICY EMOTIONS?

He smiled and added, "agar jasbaat teekhe na ho toh wo jasbaat kahan" Spices are all that blends! So do his words!

As a chef, he presents to you his dish! Hot and freshly served! Taste it! Feel it! Enjoy it! You can also find his writing in the Book "Teekhe Zasbaaat" and 50+ Co -authored anthologies. With his passion to explore opportunities across Platforms, he is working with keen dev   otion and We wish him all the very best for his future ventures.

He is Featured in the International Magazine DeMode for his upcoming solo novel.

He is Approved by Ne8x for its Lit Fest, and is a Golden Star Awards 2020 Winner.

He is a India Book of Records Holder for his Anthology Satrang, and has the Grandmaster title by Asia Book of Records, for the same.

He has also been featured in Prabhat Khabar, Dainik Jagran, and a lot of other Newspapers in Bihar for his achievements.

He has been a proud co-author to

India Book Of Records (Title- Black)

World Book Of Records (Title -15 Wonders of Poetries)

India Book Of Records (Title - Aaina)

Vajra World Records Holder (Title - Gustakhi Maaf Hai)

High Range of Records Holder (Title - Gustakhi Maaf Hai)

Indian Book of Records

(Title - Road from Worst to Best)

Share your reviews on his

INSTAGRAM
@spicy_emotions
@shubham4shah
Or via email on
shubham2shah@gmail.com

To stay tuned to his work and opportunities follow his business Handles

INSTAGRAM   FACEBOOK   YOUTUBE

@flairsandglairs
@teekhezasbaaat

WEBSITE:
https://flairsandglairs.in/
https://flairsandglairs.com/

Ishani Agarwal

(Co-Founder- Flairs and Glairs)

Ishani Agarwal hails from the City of Joy, Kolkata.

She is the co -founder of her Community "Teekhe Zasbaaat" and Flairs and Glairs Publication.

Been a Compiler for 45+ Anthologies, she is in the process for more. Co -authored in 150+ Anthologies. She is a India Book of Records Holder, a Vajra World Records Holder, a High Range of Records Holder,   an OMG Book of Records Holder, a Bravo Record holder, a Forever Star Book of World Records and an Indian Book of Records Holder.

Approved by Ne8x for its Lit Fest 2020, and Literary Icon 2020. Also a Golden Star Awards Winner 2020.

She has also been award ed with India Star Republic Award 2021, a part of She Awards by Awards Arc and Winner of Nari Samman 2021 by Literoma.

She is also selected as Best Achiever of the Year by AwardsArc and Most Challenging Compiler Award by Spectrum Awards.

She got her first solo Published,a solo Compilation consisting of first 750 contents of hers, titled "Hand That Burnt While Healing".

She has been featured by the National Magazine "Taree Zameen Par" with the title 'unstoppable'.

Also featured in the International Magazine DeMode for her upcoming solo novel, she is proud to write on social issues, and is happy with the love she is receiving.

Connect with her on Instagram: @Ishani_agarwal_quotes / @compilations_so_far

Akanksha Sinha
(Compiler)

Akanksha Sinha is student by profession ,writer as passion. Lives in Patna,Bihar. She is daughter of Mr. Mukesh kumar and Mrs. Shikha Sinha. She loves to portrait feelings by her poetry and quotes,she likes travelling and capturing moments. Heart healer by birth. She is co author of 15+ anthology. She loves to feel the nature. She is passionate &ambitious for her work. Currently, she is been a co -author in s everal anthologies and compiler too. She has own page namely " @merelabzz " on Instagram.

पिंजरा

पिंजरे में कैद रहना कौन चाहता है,
वो लड़की है ,
इसलिए उसे रहने को कहा जाता है ।

अपने ख्वाबों को मिटाना,
अपने दर्द को छिपाना,
कुछ हुआ तो किसी को कुछ मत बताना,
ये उन्हे बताया जाता है ।

पिंजरे में कैद रहना कौन चाहता है,
वो लड़की है ,
इसलिए उसे रहने को कहा जाता है ।

सिर पर घूँघट,
आँखे नीचे रखना,
जोर से ना हँसाना,
बाहर नहीं जाना,
पाबंदी लगा दी जाती है,

वो लड़की है ,
हर वक्त याद दिलाया जाता है,

पिंजरे में कैद रहना कौन चाहता है,
वो लड़की है ,
इसलिए उसे रहने को कहा जाता है ।

Abhilash Sharma

Abhilash Sharma a 24 year old passionate writer. He belongs to Sonipat , Haryana . He had completed his B.com (voc) recently. He is a enthusiastic person and a sports lover as well .Worked as a co author in about 40+ anthologies inspired by Ishika Arora   and Ishani Aggarwal in the field of writing .You can check out his writings on instagram at @_ankahe_alfaaz__ .

सोच :- एक लड़की हूँ मैं

क्यों ऐ खुदा मुझे लड़की है बनाया ,
सब कुछ होते हुए भी मैंने ना पाया ,
अक्सर रहती सवालों के बीच की छाया ,
हर मोड़ पर क्यों मेरी इच्छाओं को ठुकराया ,

क्यों नहीं तूने मुझे आगे की ओर बढ़ाया ,
परिवार के बोझ से अक्सर गिराया ,
कभी मंज़िल से हटने के लिए डराया ,
कभी बेड़ियों में था मुझे जकडाया ,

कभी नहीं तूने वक़्त रहते समझाया ,
तभी तो ख़ुदको अपने साहस से उठाया ,
सबके दिलों में अमर है कराया ,
क्यों ऐ खुदा मुझे लड़की है बनाया ।।

Neeti Gupta

Neeti Gupta, born and raised in Punjab, is a Homemaker and an enthusiastic writer as well She is part of various writing communities, events and anthologies. Her writings are inspired by mythology, philosphy and real life situations. Her hobbies, apart from writing includes cookin g, drawing and singing as well.She loves her family the most.
Instagram Handle @neeti19gupta

(1)

लोगों की महिलाओं के प्रति सोच है कैसी
ये उनको नहीं महिलाओं को ही बदलनी पड़ेगी
पुरानी सोच में बदलाव आया है काफी हद तक
नारी अब कमज़ोर नहीं, है वो अब ताकतवर
आज अबला बन गई है मजबूत हिम्मती सबला
डटकर करती सामना चाहे हो कोई भी बला
नहीं ज़रूरत आज उसे किसी की सोच और सहारे की
वह सहारा देती है उसे जिसे ज़रूरत हो इसकी
न कम समझो नारी शक्ति को अब दुनिया वालो
दुर्गा है वह लक्ष्मीबाई भी कुदृष्टि मत डालो
आत्म सम्मान की रक्षा करें दुष्ट बुराइयों से लड़ते हुए
स्वाबलंबी सशक्त बनी वह खुद को साबित करते हुए
अब महिला है एक योद्धा जो मानती न कभी हार
सिंह पर बैठी माँ अम्बे सी करती बुराई का संहार
आत्मसम्मान का परचम उसने दुनिया में लहराया
नारी की शक्ति का उसने दुनिया को आभास कराया

Ekta Bhardwaj

She is A post graduate by qualification, Assistant Professor by eligibility and an Artist by passion..She is a mother of a toddler..She belongs to Jamnagar.. As a co -author, this is her 3rd Anthology..She believes in "Writing is an art"..Hope you will like and encourage her in this journey..

"मैं कौन हूँ"

आज बेचैन हुआ मन जानने को "मैं कौन हूँ " ?
शायद अपने माँ के दिल की धड़कन,
या फिर पिता के अधूरे अरमानों का वज़न।
घर घर खेल जो बड़ी हुई,वो शरारती बचपन
या देख कर मुझे,तेरे होठों पर आने वाला,अलंकृत विशेषण ।।

ढूंढ रही मैं खुद को,
भाई की कलाई पर बांधी सुंदर सी राखियों में,
पति की जीत पर बजाई उन बेशुमार तालियों में,
बच्चों के लिए बनाई मनपसंद खाने की थालियों में।।

पर फ़िर भी मिल नही रही मैं,
ये सबकुछ धुंधला धुंधला सा दिख रहा क्यूँ?
खबर मिले तो बता देना,आखिर मैं कौन हूँ ।।
तब तक पूछती हूँ मैं खुद से,
मैं क्या हूँ,और उससे भी बढ़कर, मैं हुँ ही क्यूँ?? ..!!

"मैं; एक और निर्भया"

दोष है जिसका उसका तो नही किया बहिष्कार,
दर्द भी सहा मैने,और हुआ मेरा ही तिरष्कार ।।
एक बार उसने,पर कई बार सबने,
अपनी बातों से किया मेरा बलात्कार ।
मेरे साथ साथ क्यूँ भुगत रहा,मेरा पूरा परिवार ।।
अजीब दस्तूर है ये ,
और उससे भी अजीब,ऐसे लोगों से भरा ये संसार ।।

क्यूँ तेरे छूने भर से सब कहते इज़्ज़त मेरी चली गयी,
मेरी इज़्ज़त मेरे अस्तित्व से है,तेरे हक़ की ये जागीर नहीं ।।
स्तन को तो छू लिया तूने,पर मेरा मन कैसे छू पाएगा?
कोशिश की जो छूने की,सम्पूर्ण ख़ाक में मिल जायेगा ।।
मैं सिर्फ ये कमज़ोर बदन नही, एक कठोर मन हूँ,
मैं ही दुर्गा, मैं ही काली, मैं ही तो तेरा दमन हूँ ।।

Krishna Motwani

Krishna Motwani is a student curre ntly. She use to pen down her feelings. She is mostly introvert but her own makes her extrovert. She is moody girl. She is a poet and an artist as well. For inspirational and motivational quotes or poetries you can check her on Instagram : @unique_blog

क्यूँ करते हो लड़का और लड़की में फरक!!

लड़का सब कुछ कर सकता है,
लड़की को कही नहीं जाना चाहिए,
लड़का अपनी सुरक्षा कर सकता है,
लड़की को चुप रहना चाहिए।

लड़की को घर में बैठना चाहिए,
लड़की को अपने दोस्तों से नहीं मिलना चाहिए,
लड़की को रात में बहार नहीं जाना चाहिए,
लड़की को लड़को से बात नहीं करनी चाहिए।

हर बार लड़की ही क्यों सहे,
लड़की ही क्यों हर बार चुप रहे,
सब कुछ सह ले पर किसी को कुछ ना कहे,
आखिर हर बार लड़की ही क्यों सहे।

लड़का लड़की दोनों समान है,
अगर लड़का अपने लिए खुद लड़ सकता है तो लड़की भी कुछ
कम नहीं है,
लड़की सहम जरूर जाती है पर कभी हार नहीं मानती है,
लड़का लड़की अलग है हर बार ये सुनने क्यों मिलता है।

Nidhi Yaduvanshi

निधि यदुवंशी छत्तीसगढ़ के दुर्ग जिले के गांव से हैं, उन्होंने अपनी स्नातक की पढ़ाई पूरी करके अभी वर्तमान में स्कूल टीचर के पद पर कार्यरत है। इन्होंने सदैव अपने लेखन शैली में सुधार करने का प्रयत्न किया है। और अपने लेखन शैली के माध्यम से वास्तविकता प्रकट की इच्छुक हैं।

"छोटी सी गांव की लड़की"

छोटी सी गांव की लड़की हूं,
बड़ा सपना लेकर इस बड़े शहर में आई हूं,
अंजान और बड़े लोगों से मुलाकातें हुई हैं मेरी,
पर मैं थोड़ी सी सहमी और घबराई हूं,
छोटी सी गांव की लड़की हूं।

पर बड़ा सपना था मेरा,
पूरे गांव को मेरे प्रति उम्मीद थी,
जिसे पूरा करना मेरा कर्त्तव्य था,
उस सपने को साकार करना मेरा लक्ष्य था,
अपनों और गांव के लिए कुछ करने का जुनून था।

बड़े लोग थे! बड़े शहर था,
गांव की है ऐसा सोचकर मेरा मज़ाक भी बनाया था,
यह देखकर आंखें भी भर आती थी,
पर अपने हुनर पर मुझे अटूट विश्वास था,
मेहनत और आत्मविश्वास से खुद को निखार कर आज
मैं मैंने भी अपनी पहचान बनाई है।

Roshan Khatun

Hey Readers, she is Roshan Khatun daughter of Mr.   Anwar Hussain and Mrs. S haira Begum. She is belongs to   Bihar(Motihari zilla), but now she lives in Assam.   In her point of view being a writer means writing is   satisfying her soul, it's give her a lots of peace ,a writer   write with all his hea rt'". I hope you were like her thoughts .

लड़की को मानों जैसे रखते है क़ैद में।

फर्जी सोच रखते हैं लोग अपने जेब में,
लड़की लड़की है कहते लगाते हर रोक है,
दिल की मर्ज़ी करो तो सुनाते अनेक है,
लड़की को मानों जैसे रखते है क़ैद में।

उनके बिना एक काम भी उनका ना चले,
वह वक्त फ़िज़ूल करें यह ताना सुनाते हैं,
एक लड़की घर में बस्ती है,
मगर कब्ज़ा होता हैं सांसों पर,
लड़की ही तो है जनाब दिलो पर राज करती है।

हर तहजीब में उनके नुक्स निकलते है,
बस की ना लगे तो बदतमीज केहलती है,
लाख आज़ादी का ढोल बजाते है,
टोक टोक कर ना दिखने वाली ज़ंजीरों से बांध देते है।

ना जाने क्यों हर रोज़ कितने मासूम मारी जाती है कोख़ में,
कितने अंधेर रातों मे आबरू लूटी जाती है किसी अनजान चौक पर,
यह तो औरत ही औरत को दस्ती है हर मोड़ पर मर्द की क्या बात
करू,
ना जाने कितने नकाबकोश बैठें हैं कैसे कैसे भेस में।

जब कुछ सही ना लगे तो ठीक क्यों कहती हो,
जो तुम्हें ना समझे उनकी हर बात क्यों सेहती हो,
जब ज़िन्दगी तुम्हारी है तो हक़ दूसरों को क्यों देती हो,
हर क़िस्म के सोच में ना जाने क्यों औरत इतनी क्यों पिस्ती है।

समाज की हाँ

समाज के हाँ में हाँ मिला कर ख़ुद को
मारने की रज़ामंदी मत दो।
समाज की हाँ
में तिल तिल मरने से अच्छा है,
समाज की ना
में ख़ुद को उभरने दो।

Anshu Jha

A wanderer wandering with a definite purpose in life, always striving to get better every day. Zeal of contributing the very best to the process of what we call life.

एक पत्र भविष्य की महिलाओं के नाम-

भूत में है उपलब्धियाँ बडी
भविष्य में है आशाएँ खडी
आने वाला कल तेरा है, इसमें हो कोई संदेह नहीं
गुज़रे कल की तू ग्लानी लाए, यह भी यथोचित नहीं
आज का जो दर्पण है, उसमे तेरा चेहरा नहीं
वह तो केवल प्रतिबिंब है, समाज की सोच का
इसमें तेरा कोई दोष नहीं
यह तो केवल बातें है
पहचान तू,
इससे तेरा कोई भविष्य नही
अपनी तकलिफों को यूँही तूने नज़र अंदाज़ किया
फिर भी तूझे अपनी तकलिफों का ज़िम्मा दे रहे
यह तेरे काबिल नहीं
अपनी प्रतिभा तू ही पहचानेगी
समाज का आइना तुझे देखने की ज़रुरत नही
तेरे सहारे घर खडें हैं
तू सहारा तलाशे हो यह भी तुझे गवारा नही
तेरी मौजूदगी मे यह संसार फूलों सा महका है
देख फिर भी तुझे ही हरबार कुचला है
कुचली गई हैं युगो युगो से अनमोल रत्ने
खैर!
इनकी इन्हे कोई परवाह नही
तू वर्तमान है, तू भविश्य है
गुज़रे कल की हो तुझे परवाह नही
तू उठ फिर खडी हो
किमत नोटों की कुचलने से घटती नही
निंदनिय है अपराध समाज के
बता तू इस दर्पण की हो प्रतिमा क्यूँ

अपने सम्मान की खोज कर
तू तैर कर तूफानें तर जा
हो तुझे पतवार की भी ज़रुरत क्यूँ!

Jyoti Duggal

Jyoti Duggal is a dynamic personality keen to work for the betterment of the society and her fellow employees. She excel to help the people surrounded by her n helps in maintaining dignity among the society. She was also been a part of a publication hub.. Jyoti Duggal is a post graduate n currently pursuing her double masters in PGDBA. In the age of 23 she started her own educational institute in her society named "krishna Institute Of Excellence" which aims to build a bright future for our new generation. It is the institute of her dreams which she s tarted by couple of students and now it's growing day by day... She has also been enthusiastic about writing since past and keen to learn more day by day.. She is passionate and focused by day n benevolent reader by night. She has also been an intern at 'the lions club' for the event named 'utsav' and currently interning under 'One life infinite happiness' for creating awareness amongst the society and 'ashman foundation' in the field of 'HR'.. She has compiled her first anthology named 'once in a lifetime' contributed her literary pieces to several anthologies as well. A native of Haridwar, Uttrakhand, with an eager to learn something new everyday...

(1)

मुस्कुराहट पर तेरी यह जहान हमने वारे हैं,
मुस्कुराहट पर तेरी यह जहान हमने वारे हैं,
एक बार मुड़ के देख तो लीजिए हुजूर,
हम तो तेरे ही सहारे हैं।।।

सब ठीक तो है मगर,
फिर भी कुछ खाली सा लगता है,
ये तेरा एहसास ही तो है,
जो मुझे भीड़ में भी तनहाई सा लगता है।।।

आज ईदी के रूप में मेरा एक काम करदो,
अपनी हर सांस तुम मेरे नाम करदो,
हाथ थाम के फिर ना छोड़ने का वादा करके,
सारी जिंदगी हमें अपने कदमों में सरेआम करदो।।।

जो तेरे इतने करीब होकर भी यह फासले हमारे दरमियां है,
कुछ खता तो शायद हमारी भी रही होगी,
जो यह घड़ी हमारे नसीब में आई है।।।

चेहरा देख कर दिल लगाया ही नही कभी,
हां मुस्कुराहटो पर तेरी कई बार जान लुटाई है,
क्या कहना उस मासूम सी मुस्कान का,
हां तेरी आंखों में कई बार जिंद-जान मेरी समाई है।।।

(2)

अगर दिल दुखाना हो तो
पहले ही जता देना
कभी छोड़कर जाना हो तो
रोकेंगे नहीं तुम्हें कभी
पर पहले इत्तला करते जाना
किसी और का साथ निभाना हो तो।।।

 नसीब होती है वह चाहत
जिसके कई ख्वाब सजाए होंगे
वरना ऐसी किस्मत कहां जो
 सच्चा प्यार मुकम्मल हो जाए।।।

कुछ यूं मेरा दिल घबराता है,
एक डर मुझको जब सताता है,
जब तेरे दूर जाने का ख्याल मेरे मन में आता है,
आंखों में नमी होठों पर कप कपाहट,
अंधेरे का गुमान मेरे दिलो-दिमाग पर छा जाता है,
काश कह पाते हम तुमसे,
क्यों यह दिल इतना डगमगाता है,
तेरी याद का सिलसिला जब मेरे ज़हन में आता है,
कुछ यूं मेरा दिल घबराता है।।।

तो भी क्या लिखूँ
मैं तुम्हारे लिए
तुम तो वो नायाब तौफा हो
जो खुदा ने मुझे बख्शा है।।।

R.V.Teena

R.V.Teena बीकानेर राजस्थान से। इन्होंने संस्कृत साहित्य में स्नातकोत्तर और साथ में होम्योपैथी चिकित्सा का अध्ययन भी किया है। इनके लेखन की प्रेरणा इनके पापा और मम्मी पूरा सहयोग करते हैं।ये महज शब्द नहीं बल्कि अपने निजी अनुभव और जीवन के वास्तविक चित्रण को शब्दो में पिरोती हैं।इनका सपना है कि भविष्य में इन्हे एक प्रेरणादायक लेखिका के रूप में जाना जाए।बाकी किसी भी कार्य को करने का इनका सकारात्मक विचार हैं कि बीज बोया है अभी गुलाब खिलना बाकी है ।

दकियानूसी सोच

औरत हो पढ़ लिखकर क्या कर लेगी
घूंघट में रहो,
घर की इज्जत का ख्याल नहीं
तुमने मेरे लिए किया ही क्या
ज्यादा जुबान ना चलाओ
नजरें झुकाकर बात करो
क्या करोगी नौकरी करके
बनना तो किसी के घर की बहू ही है
संभालने तो बच्चे ही है
करनी तो सास ससुर और पति की सेवा ही है
तो सुनो ! ये सब सोचने और समझने वालों
एक औरत के बिना क्या तुम्हारी खुद की कोई पहचान भी है??
तुम्हारा खुद का वजूद अधूरा है एक औरत के बिना
इसलिए सोच नहीं खुद को बदलो
फिर औरतों के बारे में राय बनाओ

Siddharth Saxena

An art lover who is passionate about music, photography and literature. His life motto is to   never giveup and never remorse. Writing is a way to express the thoughts within him.Once he was called jack of all trades ,but he probably is with the motto of 'go with the flow'.
Instagram- mr.sylvestor

Khafa

Mere dil ke ek kone mein
hai kuch dhool aur dabish
Dil bezuban hai ,preshan bhi
aur aj pass zubani nasha bhi nhi…

Dia phir aj ek din phir
sahara mere shabdo ne
Kuch malumat hua
phir se apne jasbato se,
Chingari koi hai abhi bhi dil mein
Iss raat ab samet lu ise,
ki bujhane kahin koi phir se
na ajaye do ghut pilane surahi se…

Me hu hairan ,preshan , gamgeen…kaha logon ne har dafa
,safar ke har mod pe
Par shayad ab adat si ho gayi hai ,
duniya ki dhul ko kandhe se jhadne ki

Suna hai, pukhta karti hai
wakalat – aitbaar ko
khafa hu main khud se,

ke akhir kyun?
Aitbar mera hai mohtaj
Ab aqeedat-e-yaar ke…

Susmita Sarkar

Her name is Susmita Sarkar. Her nick name nb_mia. She was born on 10 April, 1985 in Tripura . She is a bengali writer . Her Fast published book was "Ram Dhanur Sat Rang".

Haqikat

Samandar main lehere kitne,
Yah koi nehi janta.
Aasman main tare kitne ,
Yah koi gin nehi sakta.
Dharti ki geherayi kitna,
Yah koi jan nehi sakta.
Aasmsn ki uchayi kitna,
Yah koi nap nehi sakta.
Kisi k dil main tapish kitna,
Yah koi samaj nehi sakta.
Bese hi hum aurat ko aaj bhi
Ajadi se jine ka haq nehi milta.

Bemani Si Jindegi

Beete hue lamhein ki tarha gujar jate hain,
Behti hui paani ki tarha har bartan main dhal jate hain.
Hawa ki tarha har mud ko chuke jate hain,
Sabhi ko khush karne main hi hum lage rehte hain.
Chahe kuch bhi hum kyu na kare,
Phir bhi koi humein maan na de.
Humare janam pe bhi koi khush nehi hota,
Dada ,dadi bhi chahte hain kash hoti main pota.
Baap ko bhi toh chahiye hota hai bansh badane wala,
Maa soch ti hain beti kahi karna de muh kala.
Shaadi k baad pati ko to ek kam karne wali bai chahiye,
Saas sasur bhi har waqt khadi khoti hi sunaye.
Raste pe akele chalo toh hazaro tane dete hain ,
Samaj k bhuke bhediye chid faad k khana chahte hain.
Hum aurat na hoke ho geye kath putli,
Har roj dene parte hain hamain apni armano ki bali.

Pranay Yadu

प्रणय यदु कक्षा बारहवीं के वाणिज्य संकाय के छात्र हैं। ये अपनी पढ़ाई के साथ साथ अपनी लेखन शैली को भी निरंतर जारी रखते हैं। साथ ही दोस्तों के साथ क्रिकेट खेलना और नई नई जगह में यात्रा करना इन्हें बेहद पसंद है।

(1)

हाल के सालों में लगभग सभी कार्यक्षेत्रों में महिलाओं ने अपनी परिपक्वता और मजबूत उपस्थिति दर्ज कराई है। चाहे नौकरी का कार्यक्षेत्र हो चाहे कारोबार का मामला हो चाहे फिल्मों में अभिनय हो खेलो की दुनिया में उपलब्धियां हासिल करने की बात हो सामाजिक के क्षेत्र में अपनी प्रतिष्ठा कायम करने की महिलाओं ने हर जगह अपनी परिपक्वता का परिचय दिया है।

भावनात्मक रूप से परिपक्व महिलाएं जानती है कि उनका वजूद किसी और से नहीं खुद से है । इसलिए वे किसी और के लिए खुद की उपेक्षा नहीं करती है । वे जानती है कि अगर किसी व्यक्ति के लिए समर्पित है, वो उसके साथ रहते हुए कुछ समझौते भी करने पड़ते है। वे अपना स्वतंत्र अस्तित्व भी बनाकर रखते है।

भावनात्मक रूप से परिपक्व महिलाएं अपने मन के भावों को नज़रंदाज़ नहीं करती न तो वे अपनी भावनाओं को दबाती है, न तो उनसे दूर भागती है। वे अपनी भावनाओं को लेकर हमेशा सजग रहती है उनका सम्मान करती है। यानी परिपक्व महिलाएं सिर्फ दूसरों का ही नहीं अपने आपका भी सम्मान करती है यही गुण आपको समझदार ही नहीं भीतर से मजबूत भी बनाती हैं।

Ami Patel

She is Ami Patel from Ankleshwar. 25 years old. She is writer, poet and book reviewer. She loves travelling. Her writing comes out of her feelings of her deepest relationships and its purity. She is also available on youtube to share her views and writing. She works in human resource department. She appreciates life w ith its all perspectives. You can give her review about her writing on instagram @amipatel95

नीली चूड़ियाँ और आईना

सवरने का शौक था उसे
लाल बिंदी किया करती थी
नीली चूड़ियाँ नहीं थी उसके पास
चूड़ियों का बोहोत शौक था
खरीदने बाज़ार चली गई
ज़िन्दगी में बस यही तो था
पूरा दिन घर में कैद चिड़िया
चूड़ियाँ खरीदने के बहाने आज़ाद
नयी पिली साड़ी के साथ
नीली चूड़ियाँ पहनूँगी
नाक में नयी मीनाकारी वाली नथ
जो सास ने शादी पर दी थी
कान में सोने के झुमके
जो माँ ने भोलू के जन्म पर दिए थे
पति ने दी हुए पायल
सोचती हुए वो दुकान पहुंची
थोड़े बचाए हुए पैसो से
दुकानदार से खूब लड़ झगड़ के
सस्ती और अच्छी चूड़ियां ली
घर पहुंची और रात हो गई
पति गुस्से में बहार से आया
चली गए वो दिखाने अपनी
नयी चूड़ियाँ उस मगरूर को
अनजान उसके गुस्से से
कहा उसने अक्ल नहीं तुम्हें
फेंक दी चूड़ियाँ उसके हाथ से
बिखरी वो टूटी हुई जमीं पे
देखती रही वो अपना छोटा सा सपना

तुट कर बिखरते हुए वहाँ
जाकर आईने के पास
पूछती रही सारी रात
क्या कसूर मेरा?

Shreya Pokhriyal

Shreya Pokhriyal is a college student who lives in dehradun and persuading her career as a writer is been 1 year. She loves exploring and learning new things. She is too small but started her career a way in 2019 by joining as a co   -author in the book name 'Faded Memories'. It's her first anthology. She has been worked in 100+ anthologies. Her instagram handle is @An_anomalous_poet.   The anthologies I had worked on are as follows Petrichor, Amor Patriae, next level attitude, Valentine's week book, logbook of 2020 and many more.

भेदभाव बंद करो !! भेदभाव बंद करो !!

आप उसे उज्जवल होने से नहीं रोक सकते
जैसा कि वह एक जन्मजात फाइटर है
सब से सुंदर रचना
लेकिन फिर भी एक कॉल के साथ बढ़ने की जरूरत है
आप उसकी तरह कभी दर्द नहीं सह सकते
लेकिन फिर भी आप उसके रूप में दिखावा नहीं कर सकते
आप उसे बिल भरने से नहीं रोक सकते
अगर उसने फैसला किया तो वह करेगी
वह किसी की संपत्ति नहीं है
पूर्ण स्वतंत्रता के साथ जीने का अधिकार है
वह वह है जो जन्म देती है
आप कौन हैं यह बताने के लिए कि उसका मूल्य क्या है
कभी उसके साथ खुद को कम्पेयर मत करो
आप ही हैं जो हमेशा ढीले रहेंगे
वह सभी दर्द सहने की शक्ति रखती है
अपने लाभ के लिए उसे कभी कम मत समझो
वह क्या चाहती है के लिए उसे सम्मान दें
वह वह है जिसने आपको कभी जलने नहीं दिया
वह हजारों आघात सहने वाली एक शक्तिशाली आत्मा है
इसका मतलब है कि वह हमेशा रॉक करती है और वह हमेशा रॉक करती है।

मेरी बेटी मेरा ताज है

कई संस्कृतियों में, पिता और माता एक लड़के के लिए प्रार्थना करेंगे जो उनकी मदद करने में सक्षम होगा।

इन संस्कृतियों में, एक बेटी के मूल्य को कभी नहीं समझा गया था।

एक पिता का अपनी बेटी के साथ एक विशेष बंधन होता है क्योंकि वह सभी पुरुषों को उसके मानक के अनुसार जज करेगा।

एक माँ का कार्य उसे एक महिला को विकसित करने के जटिल कार्य को दिखाना है।

हम अब एक कृषि समाज में नहीं रहते हैं और अब महिलाएं बौद्धिक और व्यावसायिक रूप से उन चीजों को पूरा करने के लिए स्वतंत्र हैं जो वे अतीत में नहीं कर सकती थीं।

एक बेटी एक दिन एक माँ और एक पत्नी की भूमिका निभा सकती है।

बेटी पैदा करना एक असीम उपहार है जो सभी को नहीं दिया जाता है।

Avanti Raj

Hi, This is Avanti Raj.She is a student.
He likes to read books and write stories and   books.Through
this article, you have only kept your mind and nothing else.

क्या है महिलाओं के प्रति लोगो कि सोच?ये तो हमें पता नहीं।और क्या है लोगो के प्रति महिलाओं की सोच?ये भी हमें पता नहीं।क्या है मेरे प्रति लोगो की सोच? ये भी हमें पता नहीं।पर लोगो के प्रति हमारी सोच क्या है ,

सिर्फ ये ही हमें थोड़ा थोड़ा मालूम है।

हमें तो सिर्फ ये ही पता है कि पुराने समय मे बना हर नियम , हर पाबन्दियां हमारे सुरक्षा के लिए है।

क्युकी हमें भी पहले ये सारे नियम हमें जंजीर लगते थे पर धीरे - धीरे ऐसा हमें लगने लगा ये सारी पाबन्दियां हमारे लिए कुछ हद तक सही है।

Tanu Porwal

लेखिका तनु पोरवाल ने हिंदी साहित्य में परास्नातक की उपाधि कानपुर विश्वविद्यालय से प्राप्त की है। मैं पत्र-पत्रिकाओं के लिए रचनाएं प्रेषित करती रहती हूँ।

(1)

आज दर्पण को देख रही थी, दर्पण मुझे कुछ धुंधला सा नज़र आता है, या मेरी आंखों में धुंध भरी हुई है इसलिए दर्पण सही से नज़र नहीं आता है। मैंने दर्पण को थोड़ा सा साफ किया।

मैं सोनी, मुझे वैसे घर में सोनालिका बुलाया जाता था, लेकिन इन गलियों में आकर मेरा नाम हो गया सोनी। यह पुरुष प्रधान समाज, जहाँ पर सुबह के प्रकाश में पुरुष बहुत सभ्य, पढ़ा-लिखा, इज़्ज़तदार और बड़ी-बड़ी बातें करता हुआ दिखाई देता है, रात के अंधेरे में इन बदनाम गलियों में आकर इस पुरुष का एक घिनौना चेहरा सामने आता है जिसके निशान औरतों के चेहरे और जिस्म पर अपनी छाप छोड़ते है।

आज ऐसा ही निशान मैंने अपने चेहरे पर देखा, यह मेरी ज़िंदगी का दाग़ है जो मेरे सीने में दर्द बनकर आज भी मेरे घाव हरे करता है। लेकिन यह दर्द किसी को बोल नहीं सकती, आईने से छिपा नहीं सकती। इन बदनाम गलियों में भावनाएं और रिश्ते मर जाते हैं। शायद किसी ने सही कहा है-

"देखा जो चेहरा उनका उस दर्पण में,
आंखों में भी आज तहल्का मच गया,
हम कोसते रहें थे दुनियावालों को,
यहां तो अपनों ने ही हमें दगा जो दिया..."

आजकल 15-16 साल का लड़का रोज़ मेरे कमरे के सामने आता है मुझे देखता है लेकिन मेरा मन उस लड़के को देखकर ना तो धिक्कारने का होता है और ना ही कोई गलत भावना से भरता है। शायद पुरुषों को देख देखकर मैंने उनकी नज़रों को पढ़ना सीख लिया और इसलिए उस लड़के की नज़र में छिपी ईमानदारी और

प्यार जैसी पवित्र भावना को मैंने पढ़ लिया। आज मेरा दिल किया उस लड़के को अपने पास बुलाऊँ, मैंने उसे पास बुलाया और पूछा, लड़के तू मेरे कमरे की तरफ़ बार-बार क्या देखता है? उस लड़के के शब्द गले में फंस गए "दीदी" बोलते समय। मैं विस्मित सी हो गई, क्योंकि यह शब्द इन गलियों में बोला नहीं जाता है क्योंकि यहाँ रिश्ते बनाए नहीं जाते, बल्कि उनका सौदा कर दिया जाता हैं। इतना पवित्र शब्द एक युवक के द्वारा बोले जाने पर मुझे अचंभित कर गया। क्योंकि मेरी नज़र में समाज का दृष्टिकोण आज भी स्त्री और पुरुष के लिए सिर्फ शारीरिक संबंध से ज़्यादा कुछ नहीं है।

यह समाज पवित्र रिश्तों की कीमत को समझता नहीं है।
मैंने उस लड़के से नाम भी नहीं पूछा लेकिन उसका कहा एक शब्द "दीदी" मैंने अपने दिल के दरवाज़े में क़ैद कर लिया, क्योंकि इन गलियों में ऐसे रिश्तों को अपनाया नहीं जाता और यह समाज इतने पवित्र रिश्ते का मोल नहीं चुका सकता।

"एक दर्पण में ही सही,
किसी की सच्चाई दिखी,
मैं दुनिया को कोसती रही और,
यहीं मुझे रिश्तों की सौगात मिली..."

आज मैंने फिर अपने दर्पण से बात की, दर्पण मुझे थोड़ा सा स्पष्ट दिखाई दिया शायद मेरा दिल साफ हो गया था। समाज इतना भी बुरा नहीं है जितना मैं समझ रही थी या आज भी समाज में ऐसे पुरुष जीवित है जो महिलाओं के प्रति सम्मान भाव रखते हैं। एक सुकून है कि इस समाज में रिश्तों की मर्यादा आज भी ज़िंदा है और रेडियो पे बजते गीत के मीठे बोल,"दिल का रिश्ता बड़ा ही प्यारा है...." मुझे सुकून दे रहे थे।

Harshit Mishra

Harshit Mishra is a student, done graduation in Physics & pursuing Masters in Sociology. He is currently residing in Ranchi Jharkhand. He is a extrovert writter, fluent speaker & interested in cooking also. He believes that writting is the best way to keep yourself engage even in alone.

स्त्री

स्त्री से ही हुई है
सृष्टि की उतपत्ति
हम सबकी माता हैं
माँ पृथ्वी
स्त्री देवी की रूप है
पर इतिहास में
किसी पर विशेष अत्याचार हुए
वो हैं स्त्री
बुद्ध तो जंगल जाकर तथागत बने
पर सीता जंगल जाकर कलंकित हो गयी
कहने को हम अब प्रगतिशील हैं
पर स्त्री की स्थिति तो अब और भी गम्भीर है
हुआ क्या है इस समाज को
जिसके कोख से जन्म लिए
फिर उसकी प्रति संवेदनशील क्यों नहीं
पर यह बात तो स्पस्ट है
जिसने स्त्री का सम्मान न किया
निश्चित ही उसका सर्वनाश हुआ।

लड़कियाँ पैदा नहीं होती

लड़कियाँ पैदा नहीं होती
बनाई जाती हैं
निर्भर दूसरों पर।
लड़कियाँ नहीं चाहती
अनचाहे बंधन में बंधना
लेकिन उन्हें बाँधा जाता है
समाज के डर से।
वो समाज...
जो पुरुष प्रधान है
महिला को एक वस्तु समझता है।
वो समाज..
जिसने पुरुषों को सब अधिकार दे दिये
किन्तु महिलाओं के हाथ में चूड़ियाँ पहना दी
एक लकीर खींच दी
जिसके आगे कदम रखना
यही स्वार्थी समाज की अवहेलना हो जाएगीं।
कौतूहल का विषय यह है की
लड़कियों को फिक्र इस समाज की है।

Shilpa Sahu

Shilpa sahu begins her story from small town Mauaima Allahabad. She is not a professional writer but once,she writes some beautiful lines about the things that happened to her.. She feels that writing has provided her   the liberty to portray her thoughts in today's eccentric world.. She wants to pursue a career in medical as she loves to help people by being doctor.. She went off of home at a age of twelve in order to get best education..

She likes to gain knowledge from everything she sees around her and tries to learn something from whatever she experience every day.. Her writings express her own experience and stories which most people can relate to..

(1)

बचपन से सुनती आई हैं वह
लड़कियां लड़ा नहीं करतीं ।
न जाने फिर भी
कैसे सीख लेती हैं
लड़ना,लड़कियां!
लड़ती हैं ताउम्र ,
अपने ख़्वाबों से,
अपनी ख़्वाहिशों से,
अपने जज़्बातों से।
लड़ती हैं
नौकरी करती लड़कियाँ
अपनी अंदर बसी माँ की ममता से।
लड़ती हैं
सड़क पर नोचती कचोटती आंखों से।
लड़ती हैं
आत्म सम्मान संभालने को,अपने ही लोगों से।
लड़ती हैं
घर की नींव बन ,रिश्तों में उठती दीवारों से।
लड़ती हैं
सहेज कर रखने को ,ज़िंदगी के दस्तावेज़
ताकि चूक न जायें कहीं अगली पीढ़ी को देने से।

Sujata Bharti

This is Sujata Bharti from Jharkhand
Devotee writer, volunteer, author and student
Author of "Her Wings ki Udaan"
Co-author of "A Bond Forever" and "The Unsaid Feelings"
She says :- "There is a need to change public's mentality towards literature and romantics. I am the girl, first from my community to put my steps out in a platform where no one before. Need your support and love. "
Facebook :- https://www.facebook.com/sujata.bharti.1614

'बदलो या बदला'

अब बस ये सोचना बंद करो तुम
चलो एक सैर करवाती हूँ
ऊपर की बात बहुत हो गयी
ज़रा तुम्हे उस खिड़की तक पहुंचाती हूँ।
झांक इस घर को ज़रा,
देख तुझे क्या दिखता है,
आज भी ये एक पिंजरा है,
जिसमें बेटा ऐस...
और बाप का हुक़्म चलता है।

लड़की लड़ती हर रोज़ है
चाहे हो कोई भी बात
हिम्मत से कहती है जबकि
मालूम उसे 'ना' ही है हर बार।
बाहर पढ़ाई करनी है तुझे?
नहीं तू इतनी बड़ी नहीं
बहस में अगर कुछ बोल दूँ,
तू इतनी बड़ी हो गयी ?
समाज की पसंद के कपड़े लेती
चलती उनकी मर्जी से
ज़रा लड़कों में हंस लूं तो,
करा दो शादी जल्दी से।
देख जमाने का बदलाव
वो बापू तो गर्व करे,
पर बात जब अपनी बेटी की हो
कहे यहीं तू कैद रहे।

आज़ाद बताकर उसे अब भी

समाज ने बंदिशों में पिरोया है।

थक जाएगी, वो सह-सह कर
इतना तो उसे मत दबाव
वो वक़्त आने में देर नहीं अब
जब खुदखुशी आशिक़ की बेवफाई से नहीं
बल्कि अपनों की नाइंसाफ़ी से होगी।

Priya Yaduvanshi

प्रिया यदुवंशी छत्तीसगढ़ से हैं। अभी वर्तमान में वह छत्तीसगढ़ के रायपुर जिले में स्थित प्रतिष्ठित विश्वविद्यालय पंडित रविशंकर शुक्ल विश्वविद्यालय से स्नाकोत्तर (एम.एस.सी.) के अंतिम वर्ष में अध्ययनरत है। ये अपने लेखन शैली से समाज में एक नई सकारात्मक ऊर्जा उत्पन्न करने का प्रयास करना चाहती हैं, खासकर युवाओं के मन में निराशा हटाकर उम्मीद की एक नई किरण जगाने का प्रयास करना चाहतीं हैं।

वस्तु नहीं! अस्तित्व हैं वो

अर्पण तर्पण समर्पण की ऐसीं सुंदर मूरत है वो, निःस्वार्थ भाव की जीती जागती मिसाल है वो।
कोई शख़्सियत नहीं जो उनके तुलनीय हो, ऐसी अतुलनीय व्यक्तित्व की छाप है वो।।

कैसी अजीब विडंबना है कि, हर पल हर क्षण सभी से केवल दिल से सम्मान की मोहताज होती है वो।
फ़िर भी क्रूर व्यवहार से जूझकर मुस्कान रख, बस ख़ुद की टुकड़े टुकड़े खुशियों से जीवन जीती है वो।।

कोई वस्तु नहीं है जिसे मन भरने की एक साधन समझ, हर वक़्त बेरुखी से जलील किया जाता है उसे।
स्वयं में परिपूर्ण जीवन दायिनी है वो, कण कण में बसी जीवमंत्र की अलौकिक शक्ति से भरी है वो।।

सुंदर प्रेम की उस फूल को, कैसी क्रूरता से कुचलने की चेष्टा करते हैं कुछ अमानवीय कारक।
ख़ुद में दबी छोटी सोच को न जाने क्यों, सदैव हावी कर अपमान का चिन्ह बना बैठते हैं कुछ अजीब लोग।।

वो एक ऐसी आवाज़ है जो समाज का विकास मार्ग प्रशस्त करती है, रुकावटों से क्या ख़ूब जूझती है।
पर काटें जाने का ख़ौफ दिखा उन्हें सदा डराया जाता है, लेकिन हौसले तो उनके बस आसमां छुआ करते हैं।।

उनके प्रति तत्पर सम्मान रखने की बजाय, सदा उन्हें रूलाया धमकाया डराया अपमानित किया जाता है।

लेकिन वो भी ऐसी स्वाभिमानी अस्तित्व की जीवित पहचान है, जो जूझ कर जीत कर इतिहास रचने को तैयार है।।

बरसों से बस मुस्कुराहट रख ऐसे कई घटनाओं को इतनी ख़ूबसूरती से संभाला संवारा है।
उनके ऐसे व्यक्तित्व अस्तित्व की गूंज, जग जग हर जनम में सदा सर्वोपरि और आदरणीय है।।

आज भी मन में अजीब विचलन की धुन सुनाई देती है, न जाने क्यों उनके प्रति आज भी असंमजस की स्थिति व्याप्त है।
परन्तु परमात्मा पर विश्वास है, एक दिन ऐसा आएगा जो ऐसी असंमजस की समाप्ति दिखाएगा।।

बलिदान कर रह रह के इंतज़ार करती, बस यूं ही मजबूती से नई परिभाषा लिखती है।
समाज के प्रति सम्मान रख, बस नए ऐतिहासिक अविष्कार के साथ नई आगाज़ गढ़ती है।।

समाज की सोच से जूझ जूझ, प्रतिदिन नए सवेरे की राह तका करती है।
नज़रिया बदल उन्हें सम्मानीय दृष्टिकोण से सदा सर्वोपरि मान, उनके प्रति नए सकारात्मक सोच का आगाज़ आवश्यक है।।

Tanya

She is Tanya. She has just completed her 12th and now doing her graduation from Delhi University for Bcom course. She wants to become Charted Accountant. Writing is her hobby and she loves to write about what she feels and observe in her sorrounding. Right now she is working with prominent writing community Profound Writers and explor ing her abilities and getting the best of her out.

(1)

बस अब और नहीं
हर बार खुद को यही बोल कर दिलासा देती हूं
फिर भी तू जिस्म नोच खाता है
ऐ हैवान एक कारण तो बता
क्यूं मुझ जैसी बेटी को तड़पता है .....

तेरी भी तो मां होगी, बेहन ने तेरी भी कलाई पर रखी बांधी होगी
फिर क्या वजह है जो तू मुझे छूने आया
 तेरी रूह नहीं कांपी जब मैं चिल्लाई थी
क्यूं इतना बेदर्दी है क्यूं तुझे दया नही आती
अब तो बस कर क्यूं मुझे हर लम्हा तेरा खौफ सताता है
तू भी इंसान बन क्यूं अपनी इंसानियत दफनाता है ।

Mohammed Niyaz

मायानगरी मुंबई के रहने वाले मोहम्मद नियाज़ एक ड्रॉप-आउट इंजीनियरिंग स्टूडेंट है। शायरी की दुनिया में इनहोने अपना कदम साल २०१३ में रखा था। इनकी कई सारी शायरी फेसबुक और इंस्टाग्राम पर काफी मनोरंजीत करती है। यह भविष्य में एक राइटर बनना चाहते है। आप इनहे फेसबुक (Mohammed Niyaz) और इंस्टाग्राम (niyazsks) पर फॉलो कर सकते है।

(1)

जन्म से ही वह बोझ बन जाते है।
अकलमन्द ही सही लेकिन बेटा नहीं बन पाते है।

इज़्ज़त और ज़िल्लत के वह भागेदार है।
माँ. बेटी. बहु के नाम पर एक परिवार है।

आवाज़ जिनकी धीमी हो तो संस्कार है।
वरना तो परवरिश से लाचार है।

कभी घूँघट. कभी बुरखे में वह खुदको छुपाये।
बे-नज़र से वह सब की खुद को बचाये।

कभी वह ग़लतफहमी का शिकार है।
कभी वह गलतियों की कर्ज़दार है।

उम्र शादी की उनकी हो जाए।
मर्ज़ी हो ना हो उन्हें दुल्हन बनाये।

कभी दहेज़. कभी तानों में उन को तोले।
कई बार उनके ज़ेवर को ततोले।

वजह साफ है के वह काँधे से कांधा मिला नहीं सकते।
यह ठीक नहीं. मर्यादा नहीं के इस तरह वह खुद को बना सके।

Shubham Shinde

Shubham Shinde, hails from Navi Mumbai. He completed his Graduation from Mumbai University and currently learning so many online courses. Also, he completed his Diploma certificate in Yoga Training and currently learning some more certificates of Fitness a nd Nutrition. He is not a professional writer but he loves to write in Hindi and it became his passion. He wrote some Hindi Quotes, Shayari and poems and some are in process. He participated in many contests and won Certificates for his write-ups. He associated with 11 Anthologies and those will publish soon.

तवायफ कहा जाता है।।

आँखें घुरकर उसे हर बार परखा जाता है,
बड़ी बदतमीजी से उससे पेश आया जाता है,
ख़ुद हर रात चादर बदलकर मर्दानगी जताते हैं,
मगर उसे बदसलूकी से तवायफ कहा जाता है,

ज़ुल्म-शेवा वो पत्थर ख़ुद को मर्द बताता है,
इतना बेरहम कैसा है जो उस पर रौब जमाता है,
दर्द पर अपने मरहम लगाकर फ़िर खड़ी हो जाती है वो,
बस चंद पलों के लिए जिस औरत को ख़रीदा जाता है,

ना जानें यह ख़ुदा भी इतनी तकलीफें क्यों देता है?
जब कोई अपना ही उसको बाज़ार में बेच देता है,
लानत है ए ख़ुदा ऐसे समाज के कीड़ों पर,
जो हर वक़्त बस उसे इस्तेमाल कर फ़ेंक देता है,

उस तवायफ के दर्द को भला कौन समझ पाता है,
जिसकी हर रात एक इंसाँ भयंकर ख़्वाब बनाता है,
कुछ पैसों के खातिर बेचारी देह बेच देती है वो,
फ़िर भी समाज में उसकी मजबूरियों का मज़ाक उड़ाया जाता है,

कभी माँ, कभी बीवी, तो कभी बहन बनकर ज़िम्मेदारियाँ उठाती है,
ख़ामोश हो कर ख़ुद के ही सपनों को पैरों तले कुचल देती है,
चोट खाकर भी वो अबला अपना पेशा बख़ूबी निभाती है,
शर्म से गर्दन झुकाती है जब वो तवायफ कहलाती है....

Archana fauzdar

लेखिका श्रीमती अर्चना फौजदार अलीगढ़ उत्तर प्रदेश से हैं। वे एक अध्यापिका होने के साथ एंकर,मॉडल ,अभिनेत्री ,समाज सेविका के रूप में समाज में कार्यरत है। मिसेस भारत रही अर्चना फौजदार को अपने कठिन परिश्रम एवं सामाजिक कार्यों के लिए अंतर्राष्ट्रीय एवं राष्ट्रीय सम्मान उसे नवाजा जा चुका है

दर्पण और मैं

आज दर्पण में खुद को देखकर.....
ऐसा लगा ...जैसे बीती यादें .....
अचानक सामने आ गई हों....!!
जो चेहरा मेरे सामने दिख रहा है....
वह कुछ अलग है ....!
उस चेहरे से जिसे...
मैं कभी देखा करती थी....!
वह चेहरा जो मुस्कुराता था...!
इतराता था.... बल खाता था....!!
और काजल लगाते लगाते.....
अपनी आंखों पर पलकों के कोनों में....
छुपे उन खुशी के लम्हों को .....
शर्माता हुआ देखता था...!!
लगता था जैसे.....
सबसे खूबसूरत मैं ही हूं...!!
आईना तो वही है फिर....
यह चेहरा बदला सा क्यों है ..???
अब झुर्रियां ...थकावट ...अकेलापन ...
यह सब क्यों दिखाई दे रहा है ..????
शायद यह आइना....
बता रहा है कि .....
कुछ खो गया है ....!!!
जिसे पाने की कोशिश करनी होगी...!! जिंदगी की बाकी किस्ते भी
भरनी होंगी .!
मैं उठूंगी और फिर से ढूंढ लूंगी....!
अपने उस चेहरे को इसी आईने में ...!!
इसी वादे के साथ...
होंठों से मुस्कुराते हुए ....
फिर देख रही हूं.... इस आईने को...!

एक आईना ऐसा भी

जो आंसुओं को छुपा दे....
एक ऐसा आईना हो....!
जो दर्द को मिटा दे....
एक ऐसा आईना हो...!!

मुस्कुराते चेहरे के पीछे....
छुपे सारे दर्द को...!
खुशियों में बदल दे ...!
एक ऐसा आईना हो...!!
जो खुद को हजारों की भीड़ में....
पहचान ले एक ऐसा आईना हो..!!

काश आईने में....
अपने आप को देखते देखते .....
कोई खुद के अंदर झांक ले ...!
तो पा लेगा उसमें छिपी सारी बातें......
समझ लेगा आईना ...!!
जो समझाना चाहता है ....!
जो दिखाना चाहता है...!!

हमारे अंदर का आत्मविश्वास....
जो हमें उस आईने में देखना है ...!
हमारे अंदर की खुद की पहचान....
जिसे आईने में देखकर ...
पहचाना है ...!!!!!
हां .....ऐसा... आईना होता है..!!

Saiyed fiza

Hi she is fiza,she loves writing ,and she is from Anand!

(1)

जब आप कुछ भी नहीं थे, तो माँ ने मुझे प्यार किया
तुम तब भी मुझसे प्यार करते थे जब मैं तुम्हारे पेट के अंदर था
और तुम्हें लात मार रहा था,
सिर्फ मेरी वजह से आप रातों की संख्या के लिए नहीं सोए,
और आपके पसंदीदा कपड़े अब तंग थे,
तुमने सारा दर्द झेला, बस मुझे इस दुनिया में लाने के लिए ...,
वह एकमात्र दिन था जब मैं रोया था और आपने आनंद लिया,
तब नाल हमारे बीच संबंध नहीं था, लेकिन आप अभी भी यह
जानते थे कि मैं क्या चाहता था,
मुझे उस समय कोई भाषा नहीं आती थी,
लेकिन मैं समझ गया था कि आपकी आवाज़ थी! बहुत सारा प्यार
MAA!

Sahina Ghugha

Sahina Ghugha is 20 year old b.com student at Saurashtra university Rajkot. She is from Jamnagar city of Gujarat. She is state level winner in poetry competition 2017. She is Co - author of 15+ anthologies. She is an amazing writer and poet and she wants do something for society through her pen.

वो स्त्री है

"ज़माना आज कल ख़राब चल रहा है"
ज़माने में नहीं जनाब, आपकी सोच में खराबी है
लड़कियां रात को बाहर ना निकले तो अच्छा है
पर सड़कों पर छेड़ते आपके बेटे ही शराबी है

बेटियां बहुत नसीब से मिलती है ये बताते सबको
पर बेटी के लिए जैल, बेटों के लिए नवाबी है
लड़के नाम कमाए तो बटती मिठाईयां है
और बेटी की घर से बाहर निकलने में भी खराबी है

हा मानते है अब हालात सुधर गए है पहले से
पर आज़ादी तो अभी भी उतनी नहीं दी है ना
हर बार बेटो की तरफदारी करते है मां बाप
बेटी ने पैदा हो कर कोई गलती तो नहीं की है ना

Shradha Gindlani

Shradha Gindlani is from a small town with big dreams taking hold of her heart and brain, day and night. With a vision of community to serve those in need of education and literacy she aspires high. She wri tes poetries and prose mainly . She is kind hearted and helping personality indeed.

हाल कुछ ऐसा है जनाब

हाल कुछ ऐसा है जनाब
तुम करो तो सही हम करे तो खराब
कोक ही भारी हो गई
सुन के मेरी आवाज़
होश में हु तब से, तानो पर है विश्वास
मेरा अस्तित्व, कुछ कर न पाया खास
मैं जी रही हु, चल रहा दुसरो का राज
गलत वो हो पर झुकेगा मेरा ही ताज
हाल कुछ ऐसा है जनाब
तुम करो तो सही हम करे तो खराब
क्योंकि
हम औरते कमजोर है
हमारे पास है नही दिमाग
चार दिवारी में कैद हो सके
इसलिए हमे बनाया कुछ खास

Sandhya Rani Mishra

"Sandhya Rani Mishra a research scholar belonging to koraput (odisha). She is a learner love to observe different behaviour of people and explore the world surrounding her, and always try to grab something new and implementation of these things in her da y to day life. Otherwise she completed her master's in chemistry from NIST, Berhampur,odisha. Now she is persuing her PhD. In NIT Rourkela. However she is a story teller, motivational speaker and love-break up quote writer. She write her experience and obs ervations and love to live her words and always   try to learn new lessions from the society.

"बेटी"

तू बोझ नहीं,
सरताज है मेरी,

अपमान नहीं,
अभिमान है मेरी।

कोई सामान नहीं,
तू जान है मेरी।

बेटी है तू
कोई पाप नहीं,

घर की लक्ष्मी है तू
कोई श्राप नहीं।

अब बंद मुठ्ठी को खोलदे,
जरा बेखौफ हो कर बोलदे।

सर झुका नेकी कोई,
 जरूरत नहीं।

तू गुरूर है मेरी,
कोई खेरात का नाम नहीं।

तू मान है मेरी,
कोई अपमान नहीं।

"जिन्दगी"

जिंदगी तुझसे नहीं,अपने अपनों से हारी हूं,
लड़ाई झगड़ा पसंद नहीं, अपने असाओं को,
 में मन में मारी हूं।
लड़ रही हूं खुद से दिन हो या रात,
तरसरही हूं पाने को जरा अपनों का साथ,
 सोच से आजाद और अपने सोच में ही कैद हूं,जिंदगी तू भरोसा कर
में तुझमें कहीं रुध हूं।
उड़ने की उमंग लेकर निकली थी घरसे,
घर नहीं पिंजरा निकली बेड़ियां थी पर पे,
अपनेपन की आहटों से कतराता है दिल,
 कायर नहीं फिर भी छिपता फिरता हूं ,
जैसे छुपा है सीने में दिल।
 दिल,दिमाग और सोच में भी उन्हीं का काया है,
लगे रहते है मेरे पीछे जैसे इंसान नहीं मेरे साया है। लड़खड़ाती
क़दमों से बार बार खड़ी होती हूं,
आवाज नहीं चलती उनके आगे तभी चुप रहती हूं।
मेरी चुप्पी मेरी कमजोरी नहीं, लिहाज उनका करती हूं,
धोका दिया उन्होंने फिर भी उन्हें अपना मानती हूं,
जिंदगी भरोसा कर में आज भी तुझे छिपकर चाहती हूं।

Swaraj Mishra

A Bsc Student
Silence is my nature
Royal entry27 july
Ziddi boy
Stay sanskari
Work hard

"मेरी प्यारी बहेन"

जितनी सरार्ति है उतनी ही है भोलि,,
याद बहुत आयेगी जिस दिन उठेगी तेरी डोली।।
तेरा बात बात पर लड़ना, छोटी बात को लेके मूझसे रूठना,हर बार
रोते रोते हँसाना,उस दिन तेरेसे जुड़ी हर एक चीज याद आयेगी,,
जिस दिन तु इस घरसे बिदा होके जायेगी।।
देख तु सोच मत कि मुझे तेरी फ़िक्र नहीं है
फ़िक्र तो मुझे तेरी बहुत है लेकिन मैं दिखाता नहीं,,
और मैं तुझे प्यार भि बहुत करता हूँ पर किसीके आगे दिखाता
नहीं।।
मेरी पहेली दोस्त और सबसे बड़ी दूसमन है तु,
माँ के डाट से जिसने हर बार बचाया वो चिलमन है तु।।
और मैं अपने इस रिश्ते को कभी टूटने नहीं दूंगा,,
और मेरा वादा है बहेन मैं तुझे कभी रूठने नहीं दूंगा।।
और बस तेरे खातिर मैं हर दर्द कर लूंगा सहेन्
तेरा ये रोनेका नौटंकी बंद कर.....
I Love You मेरी Pyari बहेन
I Love You मेरी Pyari बहेन

"एक अफसोस"

है कुछ पत्ते पेड़ के सुखने वाले
खुद लापता है मुझे ढूंडने वाले
खुदको मार कर जीना पड़ता है
बड़े मुश्किल से जूडते है टूटने वाले
मौत का दूसरा नाम है दोस्ती
सुधर जाए मौत से जूझने वाले
कुछ यही सोच कर अक्सर मना लेता हूं उनको
चंद यार है मुझसे रूठने वाले... और
किसी लड़की को छेड़ता देख मूं मोड कर चलदिये,,
बेटी तेरी भी छिड़ेगी आंख मुंद ने वाले।।
इज़त तेरी भी बाजारी हो जाएगी,,
बेहने बेटियों की इज़त लूटने वाले।।

Priyanka K. Tiwari

Priyanka had a poetic disposition from childhood on. Her first poem appeared in a newspaper, when she was 8. She has written many poems in English and Hindi. To her, poetry is " Words that breathe, Emotions that bleed". A graduate in Biotechnology, she is currently associated with the field of HR - Organizational Psychology. Travelling, photography and reading are her passions.

वीरांगना का आंचल

थक गई हूं, मां, जीवन बोझ उठाते-उठाते
कुछ देर अपने आंचल तले पनाह दे दे!

बचपन से तूने नाज़ों से पाला
लड़खड़ाई जब, तूने संभाला
"मेरी लाडो, सबसे प्यारी बच्ची है
मन से नेक और कितनी सच्ची है!"

लेकिन समाज ने मुझ पर सिर्फ उंगलियां उठाई
अच्छाई अनदेखी कर हर पल कमियां गिनाई

थक गई हूं, मां, खुद को साबित करते करते
कुछ पल अपने आंचल तले मुझे पनाह दे दे!

मेहनत और सुकर्म का सदैव दिया तूने ज्ञान
सपनों के पंख दिए, भरने दी मुझे ऊंची उड़ान
"तू लड़कों से कम है, ऐसा मत कभी तू मान!
तेरी प्रगतिशीलता ही, लाडो, बनेगी तेरी पहचान!"

फिर क्यों दुनिया ने उस सोच को गलत ठहराया ?
महत्वाकांक्षा को मेरी, ज़माने से बगावत बताया ?

थक गई हूं, मां, व्यंग-बाण झेलते झेलते
कुछ देर अपने आंचल तले पनाह दे दे !

ना हूं मैं असमर्थ, ना मैं कमज़ोर ना ही मानी है मैंने हार
मुझ पर बंदिशें लगाने का, ए समाज, नहीं तुझे कोई अधिकार!
एक देवी - वीरांगना के दूध से पली - बढ़ी हूं मैं

तेरे पैरों से कुचली जाऊं, ऐसी कली नहीं हूं मैं!

लौटूंगी फिर मैदान-ए-जंग में, वादा है मेरा!
रचेगा तब नया इतिहास, होगा नया सवेरा!

फिलहाल थक गई हूं, मां, ये युद्ध लड़ते लड़ते
बस कुछ देर अपने आंचल तले मुझे पनाह दे दे !!

Deeptimayee Das

Still Student
#lyflearner_

(1)

अबला महिला मान कर
मत छेड़ा करो महिला को
राख होते देखा है मेने
ऐसी गलतफहमी पालने वालों को ।

ये लड़कियाँ है
कोई लाचार लता तो नहीं
आत्मनिर्भरशील है ये
सहारा इन्हें लाजमी तो नहीं ।

संसार मे महिला नहीं
तो समाज का भी कहीं स्थान नहीं
फिर क्यों ये समाज
महिला की महत्व समझता नहीं ।

गर्भ परीक्षण कर के
अपने कुल को कलुषित न कर
महिला, मान मर्यादा की सीमा है
इन्हें यूँ अपमान न क्या करो ।

अपनी वक्ष से अमृत पिला कर
जिंदगी को स्वर्ग बनाने वाली 'माँ' है महिला
तेरे पार्थिब शरीर को आग देने वाला बीटा नहीं
जिंदगी से अंधेरा मिटाने वाली बेटी है एक उजाला ।

फसाना क्या लिखूं इन फरिश्तों का
फुरसत से लिखी गयी सुंदर रचना है कुदरत का
फूल बनके आंगन में खिलती है

फ़ौलाद बनके आग से भी खेल जाती है ये ।

बोहतों ने महिला को जहां मान लिए है
बोहतों ने उपयोग योगी सामान मानते है
फर्क इतना है,
जहां मानने वाले महान बनजाते है
ओर सामान मानने वाले हैवान कहलाते है ।।

(2)

सिर्फ समाज को ही क्यों निंदा करे ,
जब महिलाओं के ही सोच नहीं बदली ।
कई महिलाये चांद तक पोहोंच गये ,
तो कुछ है अब भी चार दीवारों के पीछे रह गयी ।।

Mayank Verma

Mayank Verma, Swamped with distinguished creativity, is a poet, writer , musician and a Chemistry student who highly believes to retain a pragmatic, down -to-earth and considerate outlook in life. Uninfluenced by the mundane, technological and mechanical affairs, Mayank absolutely admires the notional beauty of the entities, and being deeply engrossed in a spectrum of emotions, A par t of his writing is also dedicated in raising voice against the ineffectual social norms and practices, and hence, in revolutionizing others to cognize and do the needful. Along with poems, the writer also writes articles on various faded yet eye -opening, social topics and get them published in many known magazines and newspapers, frequently , He has been a winner of All India Hindi Debate Competition .Brought up in a musical family of Rajasthan Mayank has a flourishing musical career. He is a violinist and has also pursued Bachelors in Instrumental music an All India Gold Medalist , He has been honored with many esteemed awards and "Upadhis" by Various Organisations

Mayank has recently completed his Graduation in Chemistry from Ban aras Hindu University an d going with Masters in the Same .

उसे भी हक है तुम्हे सही मार्ग बतलाने का

हर वक़्त तुम सही हो ऐसा जरूरी नहीं

उसे भी हक है अपनी बात रखने का

हर राह तुम्हारे अनुसार ही हो,अच्छा नहीं है

ये उसकी मर्ज़ी है कि वो किस वक्त कौनसे कपड़े पहने ,

सभ्यता और लिहाज़ का भान उसे भी है

उसे भी हक है घर से बाहर निकालने का , दोस्तो संग अठखेली करने का

 ये अधिकार सिर्फ मर्द को नहीं है

उसे भी इच्छा है दो पल अकेले में बिताने का

वो हर वक़्त तुमसे बात करे ऐसा जरूरी नहीं है

उसे भी हक है अपना भविष्य सुनिश्चित करने का

वो तुम्हारे लिए अपने सपने छोड़े ये सही नहीं है

ये हर इंसान की लालसा है कि उसे कोई प्यार से समझाए

लड़ झगड के बात मनवाना मनुष्य का व्यवहार नहीं

उसे चिंता है उसकी मानते हैं , उसकी गलत सोच को दबाना नहीं मिटाना अपना लक्ष्य रखो

तुम्हारे तानों से वो और पिछड़ती जाएगी , समझने का ये तरीका गलत है

तुम्हारा दुर्व्यवहार बस रिश्ते की डोर को कच्चा बनाएगा

मन में सहेजी हुई चाहत को सूक्ष्म बनाएगा

भले ही तुम्हारा उद्देश्य प्रेम सागर में लिपटा सत्य हो

परन्तु जताने का तरीका अगर गलत हो तो वो प्रेम किस काम का

तुम्हे चिंता है उसकी हर वक़्त पर उसे हर बात पे टोंकना भी तो सही नहीं

उसकी त्रुटियों में तो अपना मत बखूबी रखते हो

तो अपनी उपलब्धियों में तुमसे प्रशंशा सुनने का उसे कोई हक नहीं

वो तटस्थ है तुम्हारे साथ हर कदम पर

क्या उसको उतना ही सम्मान देना तुम्हारा फ़र्ज़ नहीं
उसके चेहरे की मुस्कान तुम्हारा कर्तव्य है
कभी तुम भी उसके लिए कुछ कर लिया करो , उसे देर तक सोता
देख उसे चाय बना लिया करो
वो अगर व्यस्त हो बाकी कामों में तो उसके कपड़े तुम है जमा दिया
करो
अपने पुरुषार्थ पर इतना ही घमंड है तो सारे कार्य स्वयं करके देखो
वो मांगती नहीं है पर चाहती ज़रूर है
इन्हीं सब छोटी छोटी खुशियों में तुम्हारा प्यार देखती है
वो स्त्री है तुम में अपना संसार देखती है
विश्वाश करो ये बातें यू ही नहीं बताता हूं
किसी अज़िज को खोना अत्यंत दुख दाई होता है
फिर तुम्हारा हर एक प्रयत्न विफल सा जो जाएगा
तुम कितनी भी पश्चाताप कि अग्नि में जुलस जाओ वो दौर फिर
लौटके न आएगा
तुम्हरा हर पल अश्रुओं में और उसकी यादों के सहारे बिता जाएगा
जब सब समझ आने लगा है तब इंसान ही नहीं है और जब कुछ
समझ नहीं थी तब इंसान की कद्र न थी
तुम भी इस बात को समझो
अपने साथी के जज़्बात को समझो
अर्धांगिनी के साथ को समझो

Mausam Agrawal

She is 23 year old girl from Nepal.She loves to write poems,shayari and stories.

Aakhir kyu

Woh kanch ki gudiya hai
Ya chabi wala khilona
Jo tum apni marzi se
Usko chalte ho
Khud mai maan liya
Woh kya kar sakti hai
Usko kaise hasna hai
Uskk kaise chalna hai
Usko kya karna hai
Usko kya nahi karna
Itni saari pabandiyan kyu lagti hai uspe
Kya uska khudka koi astitvk nahi
Kya uski pechan nahi
Kyu aisi soch hai
Yeh kaise log hai
Use bhi toh mauka do
Uski bhi toh marzi jano
Khud hi khud main soch liya
Yeh kaise insaan ho
Uske bhi toh khawab hai
Kyu sab aadhe adhure hai
Kyu kabhi yeh nahi socha
Woh bhi insaan hai

G.Madhumitha

Penning her thoughts with beautiful creativity

The real goddess

Women are that shaping tool of the culture of any youth that decides the future of any nation. So are the women in India. They are the strongest personalities to have around in the form of mothers, sisters, wives, or even as friends. But this simple fact is not recognised by the people of India.India is a diverse country in every aspect and in the same way, there are many ways in which a woman has to endure hardships throughout her life. In some places, this starts with her birth itself. Families take away her right to study so she is a perfect example of being a wife who slaves around the whole day.They strike her respect as a woman when she attempts to work at someplace by disrespecting her because she is a female. Females are frequent victims of crimes like acid throwing or rapes. What did women do to gain such an inhumane response? Thus, it is proved that being a woman is a blessing but that is not the case in India. Indians have yet to recognise the importance of a woman's presence in their lives.

The Queen

Remember, Woman, you were born
life giver, miracle creator, magic maker.
You were born with the heart of a thousand mothers,
open and fearless and sweet.
You were born with the fire of Queens & conquerors,
warriors blood you bleed.
You were born with the wisdom of sages & shamans,
no wound can you not heal.
You were born the teller of your own tale,
before none should you kneel.
You were born with an immeasurable soul
reaching out past infinity.
You were born to desire with passion, abandon,
and to name your own destiny.
Remember, Woman, remember
you are more than you can see.
Remember, Woman, remember
you are loved endlessly.
Remember, Woman, your power and grace,
the depth of your deep sea heart.
Never forget you are Woman, divine,
as you have been from the start.

Mihir Rajeshbhai Jasoliya

Mihir, a nature lover...Mihir means a sun and always wanna be sunshine to his people being a best listener... loves to read novels and to pen the emotions and feelings into the words...He is an adventurous guy...respects the Indian soldiers and his aim is to join Indian Army...

To read his feelingsfull words stay connected through Instagram i.d.- @fauji_dil_ki_baate

(1)

अंदर से रोती फिर भी बाहर से हँसती है
बार-बार जूड़े से बिखरे बालों को कसती है
शादी होती है उसकी या वो बिक जाती है
शौक,सहेली,आजादी मायके में छुट जाती है
फटी हुई एड़ियों को साड़ी से ढँकती है
खुद से ज्यादा वो दुसरो का ख्याल रखती है
सब उस पर अधिकार जमाते वो सबसे डरती है
क्योंकि बिकी हुई औरत बगावत नही करती है।

शादी हकोर लड़की जब ससुराल में जाती है
भूलकर वो मायका घर अपना बसाती है
घर आँगन खुशियो से भरते जब वो घर में आती है
सबको खाना खिलाकर फिर खुद खाती है
जो घर संभाले तो सबकी जिंदगी सम्भल जाती है
लड़की शादी के बाद कितनी बदल जाती है।
गले में गुलामी का मंगलसूत्र लटक जाता है
सिर से उसका पल्लू गिरे तो सबको खटक जाता है
अक्सर वो ससुराल की बदहाली में सड़ती है
क्योंकि बिकी हुई औरत बगावत नही करती है।

आखिर क्यों बिक जाती, औरत इस समाज में?
क्यों डर-डर के बोलती, गुलामी की आवाज में?
गुलामी में जागती हैं, गुलामी में सोती हैं
दहेज़ की वजह से हत्याएँ जिनकी होती हैं
जीना उसका चार दीवारो में उसी में वो मरती है
क्योंकि बिकी हुई औरत बगावत नही करती है।

जिस दिन सीख जायेगी वो हक़ की आवाज उठाना

उस दिन मिल जायेगा उसे सपनो का ठिकाना
खुद बदलो समाज बदलेगा वो दिन भी आएगा
जब पूरा ससुराल तुम्हारे साथ बैठकर खाना खायेगा
लेकिन आजादी का मतलब भी तुम भूल मत जाना
आजादी समानता है ना की शासन चलाना
असमानता के चुंगल में नारी जो फँस जाती है
तानाशाही का शासन वो घर में चलाती है
समानता से खाओ समानता से पियो
समानता के रहो समानता से जियो
असमानता वाले घरों की, एक ही पहचान होती है
या तो पुरुष प्रधान होता या महिला प्रधान होती है
रूढ़िवादी घर की नारी आज भी गुलाम है
दिन भर मशीन की तरह पड़ता उन पे काम है
दुःखों के पहाड़ से वो झरने की तरह झरती है
क्योंकि बिकी हुई औरत बगावत नही करती है।

Sonali Joshi

Sonali Joshi is a metis/mixed blood writer. The one who is curious about learning new things in our life. She has proven our skills in our studies and got silver medal in minor research project at   college level, in our leadership and got leadership quality certificate as a Assistant HR Manager. Influencing, Dancing, Singing, Anchoring, Poetry writing and telling are special hobbies of her. She has published more than 6 poetries in different-different books and also published one story too. Now she is going to publishing her poetry name is 'Vichardhara' in this book. Follow her for the motivational poetry and quotes on instagram @sonalijoshi78 and Sonali Joshi poetry on You-tube.

"विचारधारा"

समाज की इस रुढिवादि विचारधारा पर, आज भी मुझे तरस आता
है!
बेटी होती है, घर की शान...
वह होती है अपने, बडो का अभिमान...
अगर समाज में, किसी एक बेटी में खोट हो...
लगी उसकी वजह से, परिवार को कोई चोट हो...
तब क्यों प्रश्न चिन्ह, हर बेटी पर उठाया जाता है...
समाज की इस रुढिवादि विचारधारा पर, आज भी मुझे तरस आता
है!
जिस बेटी को अपने सु-संस्कारो से, आपने नवाज़ा...
दुनियां से लड़-कर आज, शिक्षा का अधिकार दिलाया...
जब लोगों की बातो से विश्वास, अपनो का डगमगाता है...
समाज की इस रुढिवादि विचारधारा पर, आज भी मुझे तरस आता
है!
समाज की इस रुढिवादि विचारधारा पर, आज भी मुझे तरस आता
है!

Zaufishaan Tariq Vakil

She is Zaufishaan Tariq Vakil. A girl from a small town with big dreams who wishes to bring a change in the society by her powerful use of words in her poems.

Currently a English Honours student she wishes to be an aspiring public speaker and poet to woo people with her words cause she truly believes that "The pen is mightier than the sword."

(1)

Tum khudko unse kamtar samjhti ho jinko tumne janma hai?
Tum sochti ho ki tum unke qabil nahi jo tumhare bina tanha hai?
Tum unko khudse behtar samjhti ho jinki parwarish tumne ki hai?
Unka mustaqbil tak unka saath nahi deti agar tumhe unse narazgi hai.
Uski zindagi ka har faisla tumhare duaaon se banta savarta hai,
Taqdeer uske kadam tabhi choomti hai jab wo tumse wafa karta hai.
Uske kaamiyabi ki har buniyad tumse judi hai,
Tumhare bina uski zindagi adhuri hai.
Wo tumhe neecha dikhate hain jo khud akhirat me tumhare naam se uthenge?
Unki jannat chhin jaigi agar wo tumse badhsalukhi karenge.
Wo lakh kehe le wo behtar hai par tumhare mukaam tak na pohoch sakenge,
Jab Allah ne khud tumhare kadmon tale jannat rakh di hai to woh bhala tumse tumhare haqooq kya cheenenge.

(2)

Me tujhe dekhte hi jaan gai thi ki tu mere liye musibat hai,
Par phir bhi na jane q mujhe tujhse mohobbat hai.
Me janti hoon teri mojoodhgi meri zindagi me mere liye kayamat hai,
Par phir bhi na jane q mujhe tu lagta meri Jannat hai.
Me janti hoon tere dil me mere liye kesi kaifiyat hai,
Par phir bhi na jane q mujhe teri itni zaroorat hai.
Me janti hoon tujhe mere wajood se hi hikarat hai,
Par phir bhi na jane q mere zindagi me teri itni ehmiyat hai.

Dankhra Bhaudish Hareshbhai

I'm from surat, I m microbiology student, now doing job.

कुछ ऐसी भी सोचे..

सोचने की बात करे तो सोच, सोचने वालो पर ज्यादा निर्भर
करती है और ये नजरो से भी अलग पड़ती है। जैसे कि कोई इंसान
उसकी मां के बारे में सोचे, बहन के बारे में सोचे, बेटी के बारे में,
बहु, साथ में काम करने वाली तो उं सब मै अलग सोच रहेगी है।
 पर हा अंजान लड़की होया, या कोई अकेली हो, या किसी रास्ते पे
अकेले जा रही है, तो लोगो की सोच पता नहीं किसी होजती है।
ज्यादा प्रतिसद लोग मेरी सोच के अनुसार
ज्यादा अच्छा नहीं सोच सकते, पता नहीं क्यों? कहीं बार एक
लड़की मुसीबत में होती है तो कहीं लोग मददत के लिए आ जाते है,
पर क्या अच्छी नियत से?
हम लड़की की ज्यादातर बात नहीं मानते और ज्यादातर जो
कहती है वो नहीं करते क्युकी हम गिर जो जाएंगे, ऐसा ही होगा।
कपड़े एसे पहने है, वैसे पहेन है, जेसी बाते तो कुछ नहीं, ए
बॉडी टाइप किसी के बारे में कॉमेंट्स लगते है । ऐसी कुछ बुरी
सोच भी है, इंसान के बीच।
कुछ अच्छे काम में महिला को आगे रखते है। लोगो की

Ramyasree D

The poet is Ramyasree D from Chennai. She is an honoured and privileged TEACHER serving her immediate society. She creates an undulation of zeal coupled with yearning amongst her students.

Also she has written some 100 poems with sundry mentions in various platforms. She has participated in an international poetry writing competition. She has also participated in ASTROPHILIA Poem writing and Essay writing competition 2020 conducted by INSTITUTE OF ASTRONOMY, SRILANKA. She is also recognised as one amongst THE THREE TOP AUTHORS of an ANTHOLOGY, BEING AN INDIAN TEENAGER.She also has a number of bestowals and accolades lining up in her kitty.

Fiesta , The Real Understanding

In the evening,
houses were decked up.
festoons flung in the air.
Even the trees draped
the electric swirls intended
to shine and shimmer.
As Diyas popped up
everywhere, the place was lit heaven.
Kids were in thorough fun and frolic.
But elders were busy in flaunting
and boasting their new arrivals.
Festive spirit cupped with Stateliness
was in the air.
I too dressed up in
the best outfit to pitch in.
Exchanged sweets and pleasantries.
Amidst, I rolled my eyes
to make sure Reetu
was in the proxy.
She - my six year old daughter
 is the heaven sent solace.
Robbed in vibrant colour,
the little devil looked splendid.
Hither and thither, she ran
being so much enthralled.
Engrossed in the festivity,
I was lost in exuberance.
A little later, my little princess wasn't seen.
My legs shivered.
My hands trembled with fear.
I perspired.
My heart was in my mouth.
I glimpsed around bating and searching

The vicissitude blackened me.
Then came the light.
Yes. She stood far-flung
talking with a girl of her age.
I leapt and ran in a moment
to take her by my side.
The girl seemed absent to the evident fiesta.
Although dusky, she looked charming,
with unruly and unkempt locks devoid of oil.
she wore an overflowing gown
patched everywhere, over
her unbathed lean frame.
I enquired her whereabouts.
The slender hand pointed towards
the narrow corridors sleeping in
darkness with no signs of Jamboree.
What a contradictory it was!!
At one end, the festive mood
is grand dancing with pomp and style.
The other end witnesses the darkness
being darkened and starved even to the meanest.
Reetu, questioned, 'Where is her new dress?'
Tears rolled down my eyes.
looking at the created inequality
as old and rich, despite the same age.
I hurried home, picked up
new dresses and neatly packed.
Rushed down to visit her home
to make it a memorable Diwali ever for her.
Lighting up a diya,
I vowed to myself that
I shall be the mark of change,
If not for all
at least for Her.

Nameera.F.S.

She is a 10th std student in Little   Flower High school Aurangabad.She aims to change people's minds and make them happy and see the truth also to support the people who have lack of motivation.

Notions

Most of the people have a broad mind.
But about Lady have narrow notions.

They can't drive well is also a notion,
They aren't strong is another notion,
They can't control their emotions,
Even if they are oppressed they shouldn't take action.
All these are narrow minded notions

On the basis of beauty and wealth is their value.
Another notion is they can't lead
But people don't know even if they are helpless they are like
gleed
They won't give up even if they have to die or bleed.
Smiles and support of loved ones is all they need.
But it's all neglected behind the curtain   of narrow minded
notions.
They can't be alone forever.
It isn't possible
Is the biggest narrow minded notion.
They have to make sacrifices
Even if they are not satisfied.
They can't be free even if they are qualified
They face all these notions unwillingly
But bravely
So women are those untold evans
Who are never craven.

The Untold Unfair Notions

There is a creature in the world known as 'women'. Oppressed at any or almost all the countries of the world. These women are stared when they drive a bike while if men drive moped no one stares. If a women wants to be alone forever there are a thousand doubts, questions, debated, argues etc. While if men wants to be alone fore ver the thoughts of society are 'Okay it depends upon one's will'.

Our society is partial about the wills of women, about the decision of women and above all thoughts and value of women,

In many parts of our country specially Bidar its made a mindset of everyone that women are weak or not energetic. But they forget the history or they forget that the energy that same specie had when they were born and were grown up. Women aren't weak they are considered weak. The society makes them feel inferior and pretend that they are weak.

But it's all just the rumours continued from years. Nothing else, otherwise if seen through the life aspects women are stronger. But this aspect is neglected.

Bhavya Mishra

Bhavya Mishra, a cadet, is at present studying in Sa inik School Gopalganj, established under the aegis of ministry of Defense, Government of India. He is the co -author of 9 books alongside he is also finalizing a book deal for his novel with a traditional british publishing company. Bhavya is keen on learning more and more. He is a tide amidst the hot Sandy beach.

With the life I can feel the credit
Credit of 'Her' in me
In my each breath I see
the face that kissed my hands
walked me through the ridges.
Everything in me is of her,
Not just her but the feminine in me
in all of us.
No, don't confuse it with gender
but see the essence of it.
We love, feel, smile
Grin, the pain, even the life
Is all yet frail
Fragile feminine color of 'Man'

So Instead of how to see a woman
See, how in you feminine is woven.

Amit Sharma

Positive mindset matters ,
Happiness Spread with all
Helpfull Attitude
Respect to Everyone ,
Dare to be Different , Coz Different is Unique

महिलाओं के प्रति लोगों की सोच

"औरत एक है , पर औरत के रूप अनेक है
महिला किसी के घर की प्यारी बहू है ,
किसी के घर की प्यारी बेटी है , किसी की प्यारी माँ है ,
तो किसी भाई की प्यारी बहना है ,
पर महिला हर रूप में हर घर की अनोखी और अनमोल गहना है ,
महिला सहनशील होती है ,
पर अपने घर के हर मामले में घुलनशील होती है ,
होती है जब समाज में इसके साथ दरिंदगी ,
तो महिला बहुत कुछ सहती है ,
उसके साथ हुए अत्याचार से समाज से न्याय के लिए कहती है ,
पर समाज की महिला के साथ दरिंदगी वाली सोच की रोकथाम बहुत
ज़रूरी है,
तभी महिला का होना , यह समाज समझ पाएगा ,
महिला में परमात्मा का रूप बसता है ,
परमात्मा की पूजा की तरह ,
महिलाओं को सम्मान और इज्जत देना ज़रूरी है , पर ,
महिलाओं पर अत्याचार करने वालों के लिए ,
माफी और क्षमा नामंज़ूरी है ,
महिला के प्रति बहुत लोगों की सोच , धूल समान ही है ,
पर हम भूल जाते है कि ,
महिला के होने से ही हर परिवार चलता है ,
इसीलिए महिलाओं का अपने परिवार के लिए उच्च और मूल स्थान भी
है ,
महिलाएं समाज का है महत्वपूर्ण अंग ,
जो समाज या परिवार ना करे महिला का सम्मान , वहां शांति हो जाती
है भंग
तो हर जगह खुशहाली बनाये रखने के लिए ,
महिलाओं की इज़्ज़त और उनकी मुसीबत के समय रक्षा करना हमारे
समाज का धर्म और प्रथम कर्तव्य होना चाहिए !"

Aakansha

Aakansha (fromhercore) is a blogg er where she pens down, captures, art and heal people with problems!
She connects with nature so deeply and loves to explore the new world, do travelling and is very adventurous. She loves to find and meet new peeps.
She is a ROBIN in RHA(ROBIN HOOD ARMY).
You can connect her on Instagram @fromhercoree and become a part of her

Think For A While...

With sunshine in her eyes,
And some warmth in her smile.
She carries the world on her shoulder,
She is that unwanted girl child.

Sometimes she was killed before,
Sometimes she was mourned,
When she was one... Shummed by everyone.

When was two... Crying out her blues.
Ignored, bruised, unwanted.
When she was three, four and five.

Then she turned six, seven or eight,
It was too late to change her fate.
Just when she was nine and ten,
She was already a little woman.

Caring, nurturing her smaller siblings,
Feeding them a wholesome meal.
For herself, the leftovers she was eating.

Life had given her a rough deal.
That was her destiny... In her own home.
In this crowded world,
She had to fight on her own.

A step into another world didn't make a difference,
It was just a second call in li fe... Somebody's wife, daughter
in law or mother.

I'm too a girl but I've my parents to thank

Who have treated me with no difference, supported me to be free and frank.
I can reach the stars too I lead a gifted life.!

Ankit Sagar

Ankit Sagar has a wide way of seeing and observing the every single particles on earth. Every one is different and has a different perspective. He is always there for his family and friends. He loves to dance, write, sing. He is very daring and never give up. He a alw ays accepts challenges and loves to beat others. He took everything in a positive way and move on with bad incident. He never shares his inner soul to any one except one person. He is a full joyful happy soul!

हे स्त्री से देवी

हे स्त्री तुम सृजनकर्ता हो,
देवी रूप में विघ्नहर्ता हो।

तुम घर को हो संभालती ,
तुम बच्चे भी हो पालती,
और बाहर काम पर जाने,
को वक्त भी हो निकालती।

फले-फूले जो पूजा करता हो,
देवी रूप में तुम विघ्नहर्ता हो।

तुम कैसे करती हो ये सब,
नखरे उठाती हो सबके जब,
ये बताओ तुम आराम करने,
का तुम्हें वक्त मिलता है कब।

कोई दुख में काश न पड़ता हो,
सच मे देवी तुम विघ्नहर्ता हो।

तुम कभी अत्याचार हो सहती,
चुप तब तुम क्यो हो रहती,
ये बताओ ओ स्त्री तुम ये,
किसी से क्यो नही कहती।

तुम्हारे प्रकोप से जग ड़रता हो,
तुम देवी रूप में विघ्नहर्ता हो।

Prapti Shailesh Bhai Shah

Prapti, a talkative bee. Prapti means to achieve and aim is to win people's heart being a good listener. Passionate for creative crafts, handmade gifts, and adventures. Likes to read novels. Loves to pour down the emotions into the quotes, poems and tales... If you like her writeup just stay tuned through Instagram i.d :- wingzzy_words_

"Magic"

We don't believe in magic
Yes, we don't believe in magic said the society

So I just said the words 'daughter', 'si ster', 'best friend', 'wife', and 'mother'

Everyone confused and said why do we bother?!!

The real magician, without them the blank is imagination...

The magic they do
 just never entertained the society...

'MAGIC' they do to face the fearfull mirror of society,
when they dream to fly in their creativity...

'MAGIC' to hear and clear the sharp pointed words of society...

Who says magic don't exist?!!
Just talk to the womens and you definitely feel it...

'MAGIC' to live with the rumour which can even harder to bare compared to tumor...

'MAGIC' to ignore the shits,
Which the people thinks...

Who says magic don't exist?!!
Just think how human can be alive while periods are top on the every month's list...

Yes the ladies are magician and cheers to that,

because it's not easy to be in society being so thin and fat...

'MAGIC' to change your life by being called some unknown's wife...

'MAGIC' to earn with having a bit fun...

'MAGIC' to get mixed with someone else's family while taking care of yours...

'MAGIC' to give birth to stars by facing the thousands of scars...

Sooo girls, be a magician and show the society,
not everyone have power to do a magic which only womens can...

Ganesh Sadashiv Patil

This Is Ganesh Sadashiv Patil From Jalgaon,Maharashtra.He Is The Student Of UG In Field Of Pharmacy.He Is Writer And Poet Who Writes 150+ Poetry In Hindi And Marathi Languages.He Has Worked In 35 Anthologies As A Coauthour.He Is Also Bee n Part Of Pratibha E Magazine.He Is Also Been Part Of Various Poetry And Writing Competitions At National Level.He Loves To Write On Love,Humanity, Motivation And Social Themes. He loves to write down his feelings, his thoughts on various topics which makes him a writer of one his own kind.

नारी-एक प्यार की मुरत

जीवन के हर एक दुःख को उसने सहा है ना जाने क्या उसे मिला है
रखा है उसने यहा सन्मान हरएक का ना किसिको बदनाम किया है
घुंगट के पिछे रही है वो हर वक्त अपने इज्जत को वसुलो में जिया है
घर की चौकट में रही है संभलकर कभी ना किसिको निराश किया है

बन कर रेहती है वो किसकी मोहब्बत तो किसीके प्यारकी वो मुरत है

ममताका है वो स्रोत यहापर आंचल में अपने बच्चो को संभाल रखा है

आदतो को बदला चाहतो को बदला ना जाने अपने खुशीयो को बदला

सदा रही हरएक रूप में वो खुशहाल हरएक का जीवन उसने जो बदला

त्याग की वो देवी यहा पर है हर बात के अंजाम की वो साक्षी भी यहा है

किये होगे कर्म कुछ अच्छे हमने देवी के रूप में हमे एक अपना मिला है

Ankita Bhatia

20 year old girl hailing from New Delhi, Spicejet Executive and an entrepreneur (fo under of Shahanshah_publications on Instagram and all its affiliates)..also co author and compiler of 10+ anthologies...In short working hard to bring smile on parents face

Ldkiya km nhi Blki society ka hissa
Km n smjho
Char diwari me bnd n smjho
Nikle hm to sikha denge
Kisi se km nhi
Sirf ghar, ma or biwi bnkr nhi
Blki bhar niklkr
Chand chukar phchan bnayege

Shubham Raj

Shubham raj is banker by profession, writer as passion.He loves to decorate his words in poetry.He is a nature lover and likes to write in a social issues.He is a part of many anthologies.
His instagram id is shubhamraj2784.

हां, तुम औरत हो

तेरा हाथ पकड़कर हमने चलना सीखा था
तुमसे ही तो हमने ये जिंदगी जीना सीखा था
छोटे थे तो तेरे जिस्म का हर अंग जुड़ा था
फिर क्यूं हमने ही तेरे जिस्म को नोचना सीखा था
तुम तो देवी हो, तुम अर्धांगिनी हो, तुम ही अपनी माता हो
फिर क्यों जन्म लेने का हक भी इस दुनिया ने छीना था
तुम कमजोर हो हमारी बराबरी नहीं कर सकती
पर ऊपर वाले ने, जन्म देने का हक भी तुमको ही सिखाया था
लड़कियां तो घर की श्रृंगार है सबने बोला था
और उसी श्रृंगार ने तो पूरे घर को सजाया था
तू तो पराया धन है चले जाएगी एक दिन
पर दुनिया का सबसे कीमती धन भी किस्मत से पाया था
पीरियड्स में एक कोने में रहना तुम
पूजा मत करना, सबसे दूर ही रहना तुम
और उसी पीरियड्स ने तो जन्म देना सिखाया था
पढ़ लिखकर क्या करोगी तुम
पर्दें में रहकर ही सजदा करोगी तुम
तुम तो किचेन संभालो , बाकी हम संभाल लेंगे
और उसी ने तो ये अपना पूरा परिवार सजाया था
प्यार करने का हक नहीं है तुम्हे
छोटे कपड़े में फिर क्यूं झिझक है तुम्हें
तुम भी एक आजाद परिंदा हो इस आसमान की
समाज में सर उठाकर जीने का बराबर हक है तुम्हें
बहुत पोंछे है आंखों के आंसू आंचल में तुमने
अब करनी है सारी बेड़ियों को पार तुमने ।।

Flairs and Glairs, a platform by a student for the students. We are esteemed youth struggling to carve out our path for our future and we follow a basic mindset Since everyone is not born with all - round skills. Joining hands with people who are born to execute it with perfection is the best way to evol ve. Self -Evolution is the need of the hour but, evolving as a community is what we strive for. The initiative as kickstarted by, Founder - Mr. Shubham Shah with the motive to utilize the skillset and talent of writing has now a team of 10+ people who are ac tively participating into newer forms of learning and discovering talents among youngsters. We Provide platform and services like Publishing opportunities, Open mics, Workshops, Hands -on training. Operating with Brand Name of Flairs and Glairs (Publication House), we offer the chance of elevating a passionate writer to an esteemed author With Brand name Teekhe Zasbaaat. We bring to you an opportunity to get accustomed with the Public Speaking and Presenting of Thoughts along with regular challen ges to brush up your inking spirit. The newest initiative to extend our services we introduced in a ncw writing Platform- The Glittering Fables and Ink Over Tears.

We Choose to Fly Like A Falcon than to be

a Leg Pulling Crab.

To Know More: Infoline – 7781900870
Mail Us At-
flairsandglairs@gmail.com / info@flairsandglairs.in
Or Visit is at
www.flairsandglairs.com / www.flairsandglairs.in
Social Handles- @flairsandglairs @teekhezasbaaat

www.ingramcontent.com/pod-product-compliance
Lightning Source LLC
LaVergne TN
LVHW050908200726
843508LV00011B/2145